Gaby Hauptmann
Liebesspiel

Gaby Hauptmann, geboren 1957 in Trossingen, lebt als freie Journalistin und Autorin in Allensbach am Bodensee. Ihre Romane, zuletzt »Ran an den Mann«, sind Bestseller, wurden in zahlreiche Sprachen übersetzt und erfolgreich verfilmt.

Gaby Hauptmann

Liebesspiel

Vier Stories über Frauen,
die wissen, was sie wollen

Piper München Zürich

Dieses Taschenbuch wurde auf FSC-zertifiziertem Papier gedruckt.
FSC (Forest Stewardship Council) ist eine nichtstaatliche, gemeinnützige
Organisation, die sich für eine ökologische und sozialverantwortliche
Nutzung der Wälder unserer Erde einsetzt (vgl. Logo auf der Umschlagrückseite).

Taschenbuchsonderausgabe
April 2007
© für diese Ausgabe:
2007 Piper Verlag GmbH, München
Erstdruck in »Frauenhand auf Männerpo«, München 2000
Umschlaggestaltung: Cornelia Niere
Umschlagabbildung: CSA Images
Satz: EDV-Fotosatz Huber / Verlagsservice G. Pfeifer, Germering
Papier: Munken Print von Arctic Paper Munkedals AB, Schweden
Druck und Bindung: Clausen & Bosse, Leck
Printed in Germany   ISBN 978-3-492-26232-3

www.piper.de

Frauenhand auf Männerpo

Als er an ihr vorbeiging, stellte es ihr mitten im Satz das Lächeln ab. So einen Hintern an einem Mann hatte Lisa noch nie gesehen. Instinktiv drehte sie sich nach ihm um. Seine Figur, seine Haltung, seine Art, sich zu bewegen – alles wirkte kraftvoll und dennoch geschmeidig, mehr Tier als Mensch, eine Großkatze auf der Pirsch.

Lisa hielt den Atem an. Sie mußte ihn unbedingt von vorn sehen, sie durfte den Zeitpunkt nicht verpassen, wenn er von der Toilette zurückkommen würde. Mit einem unbewußten Seufzer drehte sie sich zu Gerold um. Er war mit seinen Artischocken beschäftigt und schmatzte, leckte und saugte leise vor sich hin. Sie hatte es gewußt! Es war jedesmal so! Wenn sie sich nach langem Suchen und etlichen Vergleichen endlich für etwas entschieden hatte, geriet sie garantiert zwei Tage später an ein noch schöneres Stück.

Mit fast allen ihren Möbeln war es ihr so passiert und vor kurzem auch noch mit ihrem Wagen: gebraucht, aber günstig – und prompt sah sie eine Woche später dasselbe Modell mit weniger Kilometern, mehr Extras und gesteigerter Power zum selben Preis. Und jetzt das!

Sie hatte es geahnt, als Gerold ihr den Ring überstreifte und auf Geheiß des

Pfarrers der Kuß folgte. Es lag förmlich in der Luft, und während sie Gerolds Lippen spürte, sah sie, wie sich der aufsteigende Kerzenrauch vor den hohen, bunten Kirchenfenstern zu einem hämischen Grinsen kräuselte.

»Heirate ihn nur, du wirst schon sehen, was du davon hast!« hörte sie die Kirchenglocken singen, als sie vor das Kirchenportal trat. Daß sie ihrer besten Freundin mit dem Brautstrauß ein blaues Auge warf, tat nur noch ein übriges: Es bestätigte ihr, daß es kommen würde, wie es jetzt kam. Es war nicht ihre Schuld, es war immer so, sie hatte falsch gewählt! Eben war der Mann, der Mann schlechthin an ihr vorbeigeschritten. Wie sollte sie nun noch die Flitterwochen genießen können? Aus dem Traum war ein Alptraum geworden. Sie konnte mit Gerold nicht mehr ins Bett, er war der Falsche!

Lisa nippte aufgeregt an ihrem Rotweinglas und beobachtete dabei ihren frisch angetrauten Ehemann. Er lutschte und zuzelte noch immer hingebungsvoll an seinem Artischockenblatt, spürte ihren Blick, schaute auf und zwinkerte ihr zu.

»Ich trainiere schon mal …«

Lisa erschauerte, im selben Augenblick hörte sie die Tür hinter sich. Das Restaurant ihres Ferienhotels war nicht groß, er mußte an ihrem Tisch vorbeikommen. Sie ließ ihre Serviette fallen und drehte sich danach um. Er kam direkt auf sie zu. Ihr Herz schlug bis zum Hals. Gleich würde er sich nach ihrer

Serviette bücken, und sie würden zusammen hinausgehen.

Was heißt gehen. Schweben würden sie, verheißungsvoll, begehrlich, im Rausch der Erwartung. Aber er schenkte ihr nicht einmal einen Blick, sondern ging zielstrebig an ihr vorbei, verschwand im hinteren Teil des Restaurants. Sie starrte seinem Jeanshintern nach, obwohl er schon lange nicht mehr zu sehen war.

»Was meinst du, Liebling, wollen wir hinaufgehen?«

Gerolds Hand legte sich auf ihre.

»Wie? Was? Das war doch erst die Vorspeise ...«

Gerold lächelte ihr verschwörerisch zu. »Ich dachte, zum Auftakt unserer Flitterwochen und unserer Ehe könnten wir mit unserem Menü gleichziehen.« Er senkte die Stimme: »Erst genüßlich die Vorspeise, dann langsam das Hauptgericht und schließlich das köstliche Dessert.«

Lisa schaute ihm in die Augen. Die Iris war unentschlossen schlammgrau, der Kopf zu rund, die Haare zu licht. Alles an ihm war Mensch, keine Spur von Tier. Der Panther war zu spät gekommen, wie würde sie das überleben!

»Wie wäre es mit einem furiosen Hauptgericht?« fragte sie matt, griff nach der Flasche mit dem schweren Rotwein und schenkte ihm nach.

»Es ist mir alles recht, solange du im Speiseplan enthalten bist!«

Lisa trank ihr Glas in einem Zug leer und überlegte, ob der Panther wohl al-

lein oder zu zweit im Hotel war. Sie
würde es herausfinden, denn »Ich bin
die Götterspeise« rutschte ihr laut heraus.

»Das weiß und genieße ich.« Gerold
nickte ihr zu, während er nach einem
neuen Blütenblatt griff.

Lisa hat in ihrem Kopf eine zweite
Ebene entdeckt. In dieser Nacht hatte
sie zweimal mit Panther geschlafen, was
heißt, geschlafen: Er hatte sie über ihren
Irrtum hinübergerettet, in ihren Nacken
gebissen und mit ihrem Ohrläppchen
gespielt, während der Sturm ihren Unterleib rüttelte. Den Orkan würde sie
sich aufsparen, bis sie ihn leibhaftig in
die Finger bekäme.

Früher als sonst stand sie auf. Gerold
öffnete nur kurz die Augen, zog sich

aber gleich wieder das weiße Laken über die hellen Schultern.

»Ich geh schon mal 'ne Runde schwimmen«, rief Lisa ihm zu und entschied sich für einen schwarzen Badeanzug. Der streckte ihre Figur vorteilhaft und milderte die Speckröllchen am Bauch. Außerdem gab er ihrem Busen durch leichte Schaumstoffeinlagen das gewisse Etwas. Mit fünfundzwanzig war es gestattet, der Natur etwas nachzuhelfen.

Neugierig verließ sie den kleinen Bungalow. Die spanische Sonne hatte schon etliche Urlauber herausgelockt, die meisten Liegestühle am Pool waren bereits besetzt. Lisa legte ihr Badetuch auf eine kleine Steinmauer, duschte kurz und sah sich dabei verstohlen um. Sie konnte ihn nicht entdecken. War er etwa Langschläfer? Ihre Libido sprang morgens am besten an. Oder womöglich schon abgereist? Das wäre unverzeihlich.

Sie stieg langsam ins Wasser und beschloß zu warten. Sie wollte ihn unbedingt in der Badehose sehen. Ob er wohl behaart war? Ob seine Brustmuskeln so ausgeprägt waren, wie es gestern den Anschein hatte? Ob seine Oberschenkel vibrierten, wenn sie mit ihren Fingernägeln daran hochfahren würde? Ob er mehr als eine Handvoll Männlichkeit hätte? Lisa hatte sich schon fast in Ekstase geschwommen, als sich ihr eine hochgewachsene, schlanke Nixe in einem Nichts von Bikini ins Blickfeld schob. Sie stand am Beckenrand und testete mit ihrer großen Zehe die Wassertemperatur.

Lisa verschluckte sich bei ihrem Schwimmzug, denn hinter ihr tauchte der Panther auf. Er trug eine schwarze Badehose, passend zu seinen schwarzen, dichten Haaren und den dunklen Bartstoppeln, die das kantige Kinn mit der kleinen Kerbe bedeckten. Lisa sah seine durchtrainierte Brust, den festen Bauch und die breiten Oberschenkel, dann war sie am Beckenrand angelangt und mußte wenden. Sie hörte ihr Blut stoßweise in den Ohren pulsieren und überlegte krampfhaft, wie sie ihn für sich gewinnen könnte.

Sie beobachtete, wie er zwei Liegestühle eng nebeneinanderzog und die Badetücher ausbreitete. Kurz darauf sah sie einen Weg: Das schlanke Fabelwesen kam auf das Schwimmbecken zugelaufen und tauchte mit einem Kopfsprung ins Wasser ein, und er setzte sich breitbeinig auf seinen Liegestuhl, um ihr zuzusehen.

Wirkungsvoll wie dereinst Bo Derek entstieg Lisa vor seinen Augen dem Wasser. Sie kam frontal auf ihn zu, hatte den Bauch eingezogen und den Busen hervorgepreßt, bewegte sinnlich ihr Becken bei jedem einzelnen Schritt, strich sich die nassen halblangen Haare effektvoll nach hinten und gönnte ihm keinen Blick, während sie dicht an ihm vorbeilief. Blöderweise lag ihr Badetuch auf der anderen Seite des Beckens, so blieb sie einige Schritte hinter ihm stehen und drehte sich nach ihm um. Es sah nicht danach aus, als ob er sie auch nur andeutungsweise bemerkt hätte.

Fasziniert starrte er ins Bassin, und jetzt erhob er sich auch noch, nahm zwei Schritte Anlauf und glitt ins Wasser, als sei es sein Element.

Gierig beobachtete Lisa, wie er unter seiner Partnerin hindurchtauchte und dann fröhlich lachend zu ihr zurückschwamm. Wenn sie jetzt ins Wasser ginge, würde sie zumindest dieses Element mit ihm teilen, dachte Lisa. Und mit etwas Geschick käme es auch zum Körperkontakt. Sie stieg die Schwimmbadtreppen wieder hinunter und stieß sich ab.

Lisa schwamm eifrig hin, und sie schwamm her, aber sie kam nicht in seine Nähe. Er war nicht zu fassen. Mal sah sie ihn da, mal dort, meistens tauchend wie ein Delphin. Schließlich ging ihr die

Kraft aus, und sie kletterte hinaus. Erschöpft setzte sie sich auf ihre Mauer und beobachtete wie alle anderen, welchen Liebestanz die beiden im Wasser vollführten. Schnell war ihr klar, daß dieses dünne, zarte Wesen, dieses gertenschlanke Model, keine Chance gegen ein Vollblutweib wie sie hatte. Es mußte nur die richtige Gelegenheit kommen.

Als Gerold unvermutet hinter ihr auftauchte, fühlte sich Lisa fast belästigt. Auch war ihr sein Angebot, sie mit Sonnenmilch einzucremen, zu profan. Dieser Mann dort würde flirrende Sonnenstrahlen auf sie herunterrieseln lassen oder des Nachts Sternschnuppen über ihrem nackten Körper zerstäuben. Er würde sie baden in einem Meer der Leidenschaften, schwerelos, selbstvergessen, orgiastisch. Er würde mit ihr entfliehen in eine andere Dimension, in die Dimension der vollendeten Liebe. Lisa holte tief Luft. Und da wollte ihr Gerold den Rücken eincremen! Mit Lichtschutzfaktor 20. Als ob sie ein fahlhäutiges Alien kurz vor der Verwandlung in einen sonnenverbrannten Frosch sei.

Aber Gerold ließ nicht locker, und während Lisa es ihm auszureden versuchte, studierte sie mit leichtem Widerwillen seine helle Haut mit den vielen dunklen Pigmentpunkten, den vereinzelten Härchen und dem leichten Brustansatz. Sie hatte zu früh »ja« gesagt, es war eindeutig. Sie war wieder einmal in die Falle getappt.

In derselben Nacht legte sich Lisa eine Strategie zurecht. Während Gerold mit

ihr schlief, reihte sie Punkt für Punkt an-
einander und ordnete sie chronologisch.
Unbeantwortbar schien ihr die Frage,
wie Gerold reagieren würde, wenn er vor
vollendete Tatsachen gestellt werden
würde. Aber da dies ja sinnvollerweise
zum Schluß zu geschehen hätte, konnte
sie diese Frage zunächst einmal vernach-
lässigen. Gerold kam lautstark zum Höhepunkt, und Lisa dachte, daß diese un-
angenehme Verabschiedung ja dann
auch ihr neuer Lover für sie erledigen
könnte. Sie schlief tief und traumlos,
doch am nächsten Morgen war sie früh-
zeitig startklar.

Diesmal hatte sie ihren Liegestuhl
dort belegt, wo ihr Panther am vergangenen Tag gelegen hatte. Sie räkelte sich
in der frühen Sonne und wartete. Als er

endlich kam, war sie einem Sonnenstich nahe, es war fast Mittag. Eben hatte sie Gerold weggeschickt, er möge ihr einen frischen Saft bringen, auf Frühstück verzichtete sie heute.

Jetzt sah sie, daß ihr Timing perfekt war. Kaum war Gerold in seinen bunten Boxerbadehosen um die Ecke abgebogen, kam der Panther auf sie zu. Sie schenkte ihm einen lasziv verschlafenen Blick, ohne daß er davon Kenntnis genommen hätte, und schlug träge, aber verheißungsvoll die Beine übereinander. Mit der Sohle des Fußes rieb sie dabei langsam, aber erotisch das Schienbein des anderen.

Er zog wie am Vortag zwei Liegestühle zusammen. Lisa beobachtete es aus den Augenwinkeln heraus. Er würde höchstens vier Meter von ihr entfernt zum Liegen kommen. Ihre Rechnung ging auf. Sie griff nach der Sonnenölflasche. Jetzt würde sie sich genießerisch eincremen, bis es ihm die Hose sprengte und er beim Rückenteil nicht anders könnte, als ihr zu helfen.

Doch während sie sich heißes Öl auf die Handinnenflächen träufelte, zeigte ihr schneller Blick hinüber, daß er sich nicht an die Spielregeln hielt: Er hatte sich unnötigerweise auf die falsche Seite gelegt. Vier Meter entfernt von ihr brieten jetzt die Knochen ihrer Nebenbuhlerin in der Sonne. Lisa ließ sich kurz zurücksinken, bevor sie wieder aufrüstete.

Als Gerold kam und ihr vorschlug, an einem organisierten Ausflug teilzunehmen, um Land und Leute zu erforschen, geriet ihre Tagesplanung ins Wanken. Lisa wollte nichts weiter erforschen als das Objekt ihrer Begierde, und das lag ihr quasi zu Füßen, wenn auch nur bildhaft. Auch nebenan schien es Diskussionen zu geben, Lisa schützte Unwohlsein vor und hoffte, daß Gerold sie allein ließ. Und daß auch er allein zurückbleiben würde.

Ihr Wunsch ging in Erfüllung, doch wurde ihr Panther kurz danach von Animateuren zum Beachvolleyball geholt. Am Rand des Spielfelds sitzend, hatte Lisa nur Augen für ihn. Er sprang höher als alle anderen, startete schneller und sprintete ansatzloser, seine Bälle waren unerreichbar. Lisa träumte sich in seine braune Haut hinein und mit ihm fort, als könnten sie wie Adler fliegen.

Als Gerold am Abend zurückkam und ihr begeistert von seinem Ausflug erzählte, hörte sie nur mit halbem Ohr zu. Für sie zählten nur ihre Begegnungen mit dem Fremden, und deswegen war es ihr auch während der nächsten drei Tage recht, daß Gerold viel allein unterwegs war und selbst so viel zu berichten hatte, daß ihm Lisas Gleichgültigkeit ihm gegenüber nicht aufzufallen schien. Lisa konnte sich ungehindert ihren Phantasien hingeben und sich auf die Begegnungen mit ihrem Traummann konzentrieren.

Sie plante und arrangierte und stellte fest, daß ihre Chancen gut standen, denn auch seine Freundin schien ein eigenes Freizeitprogramm auszuleben, und so wagte sich Lisa immer näher und aufreizender an ihn heran.

An diesem Nachmittag, Gerold war eben allein zum Tennisplatz gegangen, erspähte sie ihn am Strand. Er mietete sich ein Surfbrett und schwang sich darauf. Lisa setzte sich in den Sand und sah ihm zu, studierte wieder einmal seinen Körper, bewunderte die raubtierhafte Geschmeidigkeit, die Muskeln, die sich nun bei vollem Einsatz unter der Haut abzeichneten, das wechselnde Spiel der Sehnen, die Leichtigkeit, wie er Wasser und Wind beherrschte. Sie ließ sich sehnsüchtig zurück in den warmen Sand sinken, schloß die Augen, fuhr mit der Hand zärtlich über die warmen, feinen Sandkörner und bildete sich ein, ihn zu streicheln. Plötzlich fiel ein Schatten über ihr Gesicht. Erschrocken öffnete sie die Augen.

Er stand vor ihr. Nein, sie träumte
nicht, er war es wirklich! Einem Herzin-
farkt nahe, sah sie sich vor ihrem Ziel. Er
hatte sie gesehen, er hatte sich für sie
entschieden, begehrte sie, sie würden
sich an diesem Nachmittag noch voll-
trunken von aufgestauter Leidenschaft
in die Arme sinken! Ihr Herz raste wie
verrückt, als er vor ihr in die Hocke
ging. Langsam richtete sie sich auf, zog
den Bauch ein und strahlte ihn an.

Jetzt! Jetzt würde er es sagen!

Er räusperte sich. Lisa hielt die Luft an.

»Ich wollte Sie nicht stören«, sagte er
leise, und seine Stimme klang hoch-
erotisch, so daß Lisa spürte, wie sich ihre
Härchen auf dem Rücken aufrichteten
und ihre Libido mit einem heftigen Vi-
brieren absprang.

»Sie stören nicht«, erwiderte sie mit belegter Stimme. Sie würde den Orgasmus ihres Lebens erleben, wovon Frauenzeitschriften immer schreiben: den kleinen Tod. Sie war kurz davor.

»Ich denke, ich muß es Ihnen sagen, Sie haben ein Recht dazu!«

Ja, sag es, schrien alle Sinne in ihr. Sag, daß du mich brauchst, mich willst, mich begehrst, ohne mich nicht mehr leben kannst, sag, daß du mich hier willst, auf der Stelle, und ich werde es tun!

»Ja?« hörte sie sich fragen und ließ sich etwas zurückgleiten, so daß ihr voller Busen besser zur Wirkung kam.

»Ich beobachte es nun bereits seit drei Tagen. Ich denke, es ist an der Zeit, daß Sie es auch wissen!«

»Ja, bitte!« Sie gab ihrer Stimme einen Hauch verruchter Weiblichkeit, genau das richtige Timbre, das sie als höchst verheißungsvoll und stimulierend empfand.

»Nun gut, ich hoffe, es belastet Sie nicht zu sehr!«

»Nein, absolut nicht, bestimmt wird es mich nicht belasten! Sie können mir alles sagen!«

»Vielleicht doch, denn Sie sind ja schließlich in den Flitterwochen! Also …« Er räusperte sich nochmals und schaute ihr direkt in die Augen. »Ihr Mann schläft mit meiner Freundin. Sie hat es mir gestern gestanden. Angefangen hat es wohl bei einem Ausflug vor drei Tagen. Er scheint etwas zu haben, was ich nicht habe. Sie sprach von dem tollsten Orgasmus ihres Lebens. Ich dachte, das sollten Sie wissen, bevor ich abreise.«

Lisa war der Kiefer heruntergeklappt.

»Ich bin überrascht«, stammelte sie, dann schlug sie mit der Faust in den Sand: »Das ist ja das Allerletzte! So ein Schwein von einem Mann!«

Liebesspiel

Die Abfuhr kam ansatzlos wie eine Ohrfeige.

»Du mußt das verstehen«, sagte Armin, während er zärtlich Heidis Busen streichelte. »Das ist eben Familie, ich kann nicht anders!«

Heidi drehte sich langsam auf die Seite, um ihm besser in die Augen sehen zu können. »Du könntest schon, wenn es dir wichtig wäre. Du willst bloß nicht!«

Seine Hand fuhr jetzt vom Busen weg über die Taille bis zu ihrem stattlichen Po. Dort verharrte sie.

Heidi saugte sich an seinen blauen Augen fest.

»Das stimmt eben nicht. Kathrins Familienstammbuch ist genauso alt wie das unsrige, und die Hochzeit zwischen uns beiden steht schon lange fest. Ich habe es dir von Anfang an gesagt!«

Heidi bemühte sich um Haltung. »Aber nicht, daß es so bald sein würde!«

»Acht Wochen sind noch jede Menge Zeit!«

Heidi sah ihm an, daß ihm das Thema lästig wurde. Seine Augen verengten sich, und sein Mund wurde härter.

Es fiel ihr schwer, den Satz zu sagen, der ihr auf der Zunge lag, aber sie war es sich und ihrem Stolz schuldig. Und zudem war es der letzte Versuch, das Ruder für sich selbst herumzureißen. »Mit einem verheirateten Mann werde ich kein Verhältnis haben!«

Sein Körper lag zum Greifen nah. Selten hatte sie etwas so begehrt wie dieses Stück Mann. Sie kannte jede Linie, kannte seinen Geruch, wußte, wie er sich anfühlte. Wenn er jetzt »Dann eben nicht« sagt, sterbe ich entweder oder erschlage ihn, dachte sie und hielt unwillkürlich die Luft an. Er rückte näher, stupste mit seiner Nase gegen ihren Busen, vergrub sich wie ein junger Hund beim Spiel zwischen ihren schweren Brüsten. Heidi mußte lachen und fuhr ihm mit der Hand in seine kurzen Locken.

Klar, sie wollte ihn. Aber sie wollte ihn ganz und nicht als Leihgabe von so einer dusseligen Kuh, nur weil deren Ahnenlinie länger war als ihre. Genaugenommen hatte sie überhaupt keine, dafür war sie aus Fleisch und Blut, hatte respektabel angelegte dreiundneunzig Kilo, war mit ihren fünfundzwanzig Jahren drei Jahre jünger als die »Braut« und als Bankkauffrau prädestiniert dafür, die gemeinsame Zukunft zu polstern.

Armin tauchte aus der Tiefe ihrer Brüste auf und gab ihr einen Nasenstüber. »Ich habe noch zwölf unverheiratete adelige Freunde. Wenn du einen von denen nehmen würdest, bliebe alles in der Familie!«

»Wie?« Heidi warf den Kopf zurück.

»Nun«, er rückte nach, »es sind alles Kameraden, du weißt …«

»Ich weiß, aber ich verstehe nicht. Was haben deine Männerfreundschaften mit mir zu tun?«

Er sagte nichts, sondern begann an ihrem Ohrläppchen zu knabbern.

»Armin!« Heidi drehte energisch den Kopf weg. »Sag mir, was du damit sagen willst!«

»Och …« Er warf ihr einen treuherzigen Blick zu.

»Du willst mich doch nicht allen Ernstes mit einem deiner Typen verkuppeln! Das würdest du fertigbringen?«

»Nun«, Armin stützte sich auf seinem Ellbogen ab, »da wäre beispielsweise Konradin. Der würde dir sicherlich gefallen. Ein etwas verarmtes Rittergeschlecht, zugegebenermaßen, aber du mit deinen Fähigkeiten als Bankkauffrau …«

Heidi knallte ihm das nächstbeste Kissen an den Kopf. »Hör bloß auf«, drohte sie, noch immer unsicher, ob er tatsächlich meinte, was er sagte.

»Nein, werde ich nicht!« Er griff nach ihrem Handgelenk. »Denk doch mal darüber nach. Wir beide, das geht nicht. Daß ich Kathrin heiraten würde, steht schon ewig fest. Das wußtest du!«

»Dieses Eheversprechen ist doch völlig antiquiert!« Heidi spürte einen Kloß im Magen, der sich unaufhaltsam nach oben arbeitete. Jetzt bloß nicht heulen, sagte sie sich. Contenance!

Er zuckte die Achseln. »Das ist halt so!«

»Nichts ist halt so.« Heidi entwand ihm ihre Hand. »Nicht wirklich!«

Automatisch faßte sie nach der Dekke. Hier nackt vor ihm zu liegen, während über die Zeit nach ihr gesprochen wurde, machte die Sache unerträglich.

»Du brauchst etwas für die Optik, das ist alles«, fuhr sie ihn an. »Du brauchst eine schlanke, große Frau, die was hermacht. Das ist der tatsächliche Grund! Ich habe dir gesagt, daß ich es schon mit Trennkost versucht habe, es nützt nichts!«

»Ja, weil du getrennt hast, indem du Fleisch, Nudeln und Salat nacheinander gegessen hast. Das ist nicht der Sinn – und außerdem auch nicht der Grund für mich. Du weißt, ich liebe jedes Pfund an dir!« Wie zur Bestätigung griff er nach ihr.

Heidi wich aus. »Laß mich bloß in Ruhe!«

»Na, das sind ja ganz neue Töne!« Er lachte und begann, sie zu liebkosen.

Vielleicht ist es ja das letzte Mal, dachte Heidi, und als sie anfing, seine

Streicheleinheiten zu erwidern, haßte sie sich dafür.

Es war keine fixe Idee, das wurde Heidi in den nächsten Tagen klar, sondern Armin hatte sich tatsächlich einen Plan zurechtgelegt, wie er sie für sich erhalten könnte. Trotz Ehe, möglicher Kinder und gemeinsamer Rentenbasis mit Kathrin hatte er Heidi einen Platz an seiner Seite eingeräumt, wenn auch nur als ständige Geliebte.

Das bedinge aber, daß sie die Chance dazu hätten, meinte er, als sie sich an einem Nachmittag zum Kaffee trafen, und die hätten sie nur, wenn sie, wie gesagt, einen seiner Freunde nähme. Die Auswahl sei groß genug, alle seien in der näheren Umgebung und auch sonst ganz nette Kerle. Wenn sie Konradin nicht wolle, könne sie ja vielleicht über Dietbert nachdenken. Dessen Linie sei zwar nicht so alt, aber das würde in ihrem Fall ja auch keine Rolle spielen.

Sie wolle weder Konradin noch Dietbert, setzte sich Heidi zur Wehr, sie wolle einzig und allein ihn. Und wenn alle anderen offenbar kein Problem mit einer nichtadeligen Frau hätten, warum ausgerechnet er?

Dafür gebe es bestimmte Gründe, die in der Geschichte der beiden Familien verankert seien, erklärte er ihr, und somit gebe es auch um diesen Punkt keine Diskussion. Er werde ihr die Jungs gern mal vorstellen, allerdings erst nach der Hochzeit, momentan sei er zu beschäftigt – sprach's und winkte dem Kellner für die Rechnung.

Als Heidi kurz darauf in ihrem Brief-
kasten die Einladung zur Hochzeit von
Armin und Kathrin vorfand, schwappte
eine Welle von Übelkeit über ihr zusammen, und sie mußte sich an der Wand
abstützen. Er schien tatsächlich nicht zu
ahnen, was er ihr antat. Entweder hatte
er keine Gefühle, oder er fand es tatsächlich in Ordnung, sie in die Richtung
zu lenken, die für ihn am geschickte-
sten war. Heidi konnte es nicht nach-
vollziehen.

Als sie endlich in ihrer Wohnung war,
breitete sie heulend die Fotos auf dem
Küchentisch aus, die sie gemacht hatten,
als sie zu einem verlängerten Wochenende in Italien waren. Das war vor knapp
einem Monat gewesen, und doch schien
es, als seien es Bilder aus einer anderen

Welt, völlig irrational, fiktiv, geträumt –
aber vor allem eines: grausam. Sie betrachtete ihr gemeinsames Lachen, die
zärtliche Geste, wie er sie festhielt, als der
Kellner ein Foto schoß, sah, wie er ein
Geldstück in den Brunnen der ewigen
Liebe warf, das alles lag auffordernd bunt
und glücklich vor ihr, und am liebsten
hätte sie die Fotos zerrissen, wenn sie es
nur übers Herz gebracht hätte.

Ein tiefes Schluchzen schüttelte sie,
und sie vergrub ihr Gesicht in den Händen. Er wollte sie als Zweitfrau. Sie in
der Rolle der Geliebten, verschachert an
einen Freund, damit er weiterhin Kon-
trolle über sie hätte und – Zugriff? Nicht
zu fassen!

Sie schaffte es nicht, ins Bett zu gehen. Der Schmerz saß zu tief. Irgend-

41

wann holte sie auch noch die Fotos der vergangenen Monate. Elf Monate hatte sie an die große Liebe geglaubt. Elf Monate lang hatte ihr jeder gesagt, wie hübsch sie sei, welche Ausstrahlung sie habe. »Klar, ich bin verliebt«, hatte sie dann immer fröhlich geantwortet.

Verliebt, sagte sie laut vor sich hin und ging zum Küchenschrank. Dort stand noch eine Flasche Whisky, ein Geschenk ihres Chefs zu Weihnachten. Sie trank keinen Whisky, sie vertrug ihn nicht, aber heute hatte sie jeden Grund dazu, sich tödlich vollaufen zu lassen.

Nach drei Gläsern spürte sie, wie es ihr warm wurde, alles drehte sich, aber es war ihr recht. Sie mußte ihn ertränken, diesen Hurensohn von einem Freund. Gegen vier Uhr morgens versiegten die Tränen, sie schwankte ins Bad. Es galt, eine Bestandsaufnahme zu machen.

Heidi zog sich aus und stellte sich nackt vor den großen Spiegel. Gut, sie war nicht gerade superschlank. Ehrlicherweise war sie überhaupt nicht schlank. Noch ehrlicher betrachtet, sie wendete sich hin und her, kniff in ihre Hüften, war sie eher mollig bis vollschlank. Oder auch dick. Möglicherweise. Sie drehte sich nochmals um ihre eigene Achse und versetzte sich dann einen kräftigen Schlag auf den Hintern, so daß ihr Fleisch in Schwingungen geriet.

Okay, ich bin fett, sagte sie laut. Richtig fett, aber ich habe Power, und ich werde es dir zeigen, du kleiner Mistkerl, du verkappter Kronprinz. Heirate deine Prinzessin, vergrab dich in deinem Marmorschloß, von mir wirst du dazu ein passendes Hochzeitsgeschenk bekommen.

Sie holte schwankend ihr Glas, prostete ihrem Spiegelbild grinsend zu und trank es auf einen Schluck leer. Und während sie sich so betrachtete, fiel ihr auch das geeignete Hochzeitsgeschenk ein. Jetzt wußte sie genau, was sie zu tun hatte. Kurz danach war sie im Bett, versank in tiefen Schlaf und fegte, ohne dabei richtig aufzuwachen, eine halbe Stunde später den Wecker mit einer kurzen Handbewegung vom Nachttisch, als er schrill zu klingeln begann.

Strahlender hätte der Tag der Hochzeit nicht sein können. Heidi hatte auf einen Wolkenbruch gehofft, aber es war geradezu kitschig schön. Die heimische Barockkirche war während der Trauung überfüllt, etliche mußten stehen, weil die Sitzplätze bei weitem nicht ausreichten. Auf der grünen Wiese, nicht weit von der Kirche entfernt, war ein großes, weißes Zelt aufgebaut worden, geschmückt mit den Wappen der beiden Familien, außerdem mit etlichen Fahnen, Wimpeln und einer Menge bunter Luftballons. Es hätte hübsch und fröhlich aussehen können, wenn der Anlaß nicht so traurig gewesen wäre.

Heidi war nicht mit den übrigen Gästen in die Kirche gegangen, sie stand allein draußen, etwas abseits, und wartete, bis das Brautpaar herauskommen würde. Als die Glocken zu läuten begannen und sich die verkleideten Edelfräulein und Edelmänner schnell zum Spalier formierten, außerdem die Blumenmädchen auf ihre Posten neben das Kirchenportal eilten, trat auch Heidi etwas näher heran. Sie trug ein zart rosafarbenes Kleid aus Rohseide und dazu einen passenden, weit schwingenden Sommerhut. Dies war ihr Tag, das konnte ihr keiner nehmen. Auch keine Kathrin von und zu.

Armin und Kathrin traten aus dem dunklen Inneren der Kirche hinaus auf den sonnigen Vorplatz. Applaus brandete auf, und sie küßten sich. Heidi schluckte kurz und trocken. Sie gaben ein wunderschönes Paar ab, das mußte sie zugeben, und es sah überaus stilvoll und edel aus, wie sie nun Arm in Arm die große Freitreppe hinunterschritten, durch das Spalier hindurch, überschüttet von Reis und guten Wünschen. Kathrin trug ein tief ausgeschnittenes weißes Kleid mit ausladendem Rockteil und einer schier unendlichen Schleppe, und Armin glänzte eng neben ihr im Cut.

Als Heidi an das frisch getraute Paar herantrat, stutzte Armin kurz, lächelte ihr dann aber mit schalkhaft blitzenden Augen zu.

»Schön, daß du auch da bist, Heidi. Ich habe dich in der Kirche schon vermißt!«

Kathrin blieb neben ihm stehen, anscheinend wartete sie darauf, daß er ihr Heidi vorstellte. Heidi sagte nichts. Wie würde er das anstellen? Eine alte Freundin? Meine zukünftige Geliebte?

Armin überging diese Förmlichkeit, indem er zu dem Festzelt wies. »Kommt, laßt uns was darauf trinken. Der Champagner wartet schon!«

Heidi reagierte nicht. Sie blieb vor ihm stehen, was Kathrin veranlaßte, mit einer ungeduldigen Geste auf die nachrückenden Gäste zu deuten. »Wir sollten vielleicht tatsächlich zum Zelt gehen!«

Heidi lächelte Kathrin kalt an. »Ich habe ein spezielles Hochzeitsgeschenk für Armin«, sagte sie zu ihr, um sich gleich darauf an Armin zu wenden, »und das werde ich dir hier und jetzt geben!« Kathrin zog ihre Augenbrauen leicht hoch, und Armin warf Heidi einen fragenden, skeptischen Blick zu. Heidi erwiderte ihn gelassen.

Armin strich Kathrin leicht über den Rücken. »Wenn du uns kurz entschuldigen würdest, ich komme gleich nach«, sagte er leise zu ihr, allerdings sah Kathrin nicht im entferntesten danach aus, als ob sie auch nur im Traum daran dächte, einen einzigen Schritt ohne ihn zu machen.

Heidi stand und schwieg.

»Ich komme sofort nach«, wiederholte sich Armin, eine Nuance rauher.

Kathrin warf Heidi einen unwilligen Blick zu, löste sich von Armin und sagte langsam: »Zwei Minuten. Ich mache mich an meinem Hochzeitstag doch nicht lächerlich!« Damit zupfte sie ihre Schleppe zurecht und ging an Heidi vorbei auf eine kleine Gruppe zu, die sie mit Beifall empfing.

»Mach das nie mehr.« Armin schaute sie warnend an.

»Was?« fragte Heidi unschuldig.

»Mich vor meinen Freunden zu kompromittieren.«

»Du meinst vor deiner Frau. Deine Freunde haben sich bereits bloßgestellt. Gehörte gar nicht viel dazu. Alle zwölf!«

»Wie meinst du das?«

Heidi nahm das in helles Schweinsleder gebundene Buch, das sie bisher unter dem Arm getragen hatte, und reichte es ihm.

»Hier, bitte, mein Hochzeitsgeschenk. Exklusiv für dich!«

Zögernd griff er danach, schlug es willkürlich in der Mitte auf und las laut vor: »Stöhnt mehr, als er etwas bringt. Außerdem zu kurz geraten, was er durch blöde Frauenwitze kompensieren will. Kann er aber nicht. Völlig unmännliches Gewinsel, wenn er zum Höhepunkt kommt …« Armin hielt inne, überflog nochmals ungläubig, was er da eben laut vorgelesen hatte, und blickte auf.

»Was ist denn das?«

»Das ist dein Freund Julius, wenn mich nicht alles täuscht. Deine Kameraden Konradin und Dietbert befinden sich auf Seite eins und zwei.«

Armin klappte das Buch zu, als sei das Alte Testament mit Blut besudelt worden, schlug es nach einer Schrecksekunde allerdings sofort wieder auf. »Du willst doch nicht sagen, daß …«

»Was hast du denn? Du fandest deine Freunde doch so toll? Ich habe nur ein Protokoll geschrieben, über jeden einzelnen von ihnen. Länge, Dicke, Breite, Maß, Ausdauer, Höhepunkt, Bewertung. Keiner kam über ›befriedigend‹ hinaus. Ich dachte, es könne für eine so außerordentliche Männerfreundschaft wie die eure von Nutzen sein, wenn einer über den anderen genau Bescheid weiß. Bitte sehr, mein Lieber, macht sicherlich viel Spaß, ich fand es auch recht amüsant, wenn sich auch einige deiner zwölf hochgelobten Freunde als rechte Schlappschwänze erwiesen haben. Aber das kannst du ja in Ruhe nachlesen!«

Er starrte sie an und sagte kein Wort.

»Und ansonsten«, sie lächelte ihn an, »genieße dein Leben. Weiterhin. Ohne mich!«

Damit drehte sie sich um und ließ ihn stehen.

Der Irrläufer

Die Kurznachricht war eindeutig ein Irrläufer. Irene beschloß, das zu übersehen, und antwortete, weil sie es so schön fand, daß auf ihrem Display ganz unerwartet stand: »Ich liebe Dich.«

»Danke, einen so schönen Satz habe ich lange nicht gehört«, schrieb sie und sandte es an die ihr unbekannte Telefonnummer zurück.

Es dauerte etwas, bis ihr Handy erneut piepste. »Entschuldigen Sie bitte das Versehen«, las sie.

»Es war kein Versehen«, schrieb sie zurück, indem sie sich mühsam die Buchstaben auf dem kleinen Tastaturfeld zusammensuchte.

»Es war kein Versehen – es war vielleicht ein dankenswerter Zufall, aber kein Versehen!«

»Doch, sogar ein doppeltes«, kam kurz danach als Antwort zurück.

Irene rückte ihre Brille zurecht. Sie brauchte eine Weile, um sich eine Antwort zu überlegen. Aber solange sie auch die Sätze hin und her wälzte, es fiel ihr einfach nichts dazu ein.

»Versteh ich nicht …«, schrieb sie schließlich.

»Ich habe den falschen Text und die falsche Telefonnummer eingegeben«, las sie kurz danach auf ihrem Display.

Wie konnte man »Ich liebe Dich«
schreiben, wenn es gar nicht so gemeint
war?

Sie rief kurz entschlossen unter der
Nummer an. Eine Männerstimme mel-
dete sich, Irene war überrascht.

»Ich habe eigentlich mit einer Frau
gerechnet«, sagte sie. »Ich bin das andere
Ende Ihrer Leitung …«

Er lachte. »Erstaunlich, was diese
Dinger alles in Bewegung bringen. Ihnen schicke ich ein Liebesgeständnis,
und dabei hätte es eine Terminabsage an
einen Kollegen sein sollen!«

Seine Stimme klang ruhig und tief,
sehr männlich und sehr angenehm. Irene lauschte ihr nach. Dann kam ihr zu
Bewußtsein, was er gesagt hatte.

»Ist ja auch irgendwie kaum ein Unterschied zwischen Ich-liebe-Dich und einer Terminabsage ...« Sie sagte es mit einem leicht ironischen Unterton, denn sie fand es mehr als seltsam.

Er lachte wieder. »Mein Handy hat vorgefertigte Sätze gespeichert. Schon vom Werk aus. Da steht also beispielsweise: ›Bitte ruf mich zurück‹ oder ›Ich komme später‹, ein häufig benutzter Satz übrigens, dann: ›Ich liebe Dich‹, für einen vorgefertigten Satz sehr originell, ich geb's zu, und schließlich auch ›Bitte darum, unseren Termin zu verschieben‹. Das wollte ich eigentlich. Ich habe mich in der Zeile vertippt.«

»Schade«, sagte Irene langsam, »es hat sich sehr schön gelesen.«

»Hm«, es war einen kurzen Moment still. »Es berührt mich seltsam, wenn Sie so etwas sagen. Aber es stimmt natürlich schon. Es ist der schönste Satz ... wenn er stimmt ...«

»Wenn er stimmt?« fragte sie nach; er hatte irgendwie nachdenklich geklungen.

»Kann ja auch nur so dahergesagt sein, aus gewissen Gründen. Ich liebe dich, weil ...«

»... weil?«

»... weil du viel Geld hast, weil du gut aussiehst, weil du so einen schönen Körper hast, weil dich alle anderen so toll finden, weil, weil, weil eben.«

Irene dachte nach.

»Schlicht, weil ich dich liebe, nicht?«

»Schön wär's!«

»Das hört sich irgendwie nicht besonders gut an!«

»Ich bin frisch geschieden.«

»Ach«, Irene überlegte. »Das tut mir leid. Oder – soll es mir überhaupt leid tun? Ich meine, wollten Sie geschieden werden?«

»Hm. Von ihrer Seite aus war es eine Nutzehe, hat sich jetzt herausgestellt. Ich habe an ihre Liebe geglaubt und es ausgenutzt. So war ich auch nicht besser. Jetzt haben wir die Konsequenz gezogen.«

»Tja.«

»Es ist deswegen kein bißchen besser.«

»Nein?«

»Nein. Sie hat die Kinder mitgenommen, und ich sitze jetzt alleine hier!«

»Ich bin auch alleine. Man gewöhnt sich daran!«

»Ja?«

»Ja!«

»Ich nicht. Ich glaube, Frauen sind fürs Alleinleben besser geeignet. Ich fühle mich schlecht. Ich habe mein ganzes Leben noch keine Sekunde lang alleine gelebt. Und ohne die Kinder ist es noch schlimmer!«

Die Fröhlichkeit in seiner Stimme war einem traurigen Unterton gewichen. Irene fand, daß er sich geradezu verzweifelt anhörte.

»Wie packen es denn die Kinder?«

»Sie sind sieben und zehn. Eigentlich ganz gut. Wir haben versucht, ihnen gegenüber offen zu sein. Das nächste Wochenende verbringe ich mit ihnen und den nächsten Urlaub auch. Trotzdem. Ich fühle mich wie auseinandergeschnitten. Eine Hälfte freut sich über das unbeschwerte neue Leben, die andere ist maß-

los traurig und enttäuscht darüber, daß
die Zeit mit ihr nur eine Illusion war.«

»War sie nicht. Sie haben Kinder, das
ist Realität. Keine Illusion!«

Er seufzte.

»Und es ist zu packen. Mein Nachbar
ist auch frisch geschieden und kriegt's
auf die Reihe. Ich denke, Sie müssen die
Situation nur annehmen, dann findet
sich auch ein Weg. «

Er seufzte erneut.

»Mag sein, daß Sie recht haben.«

Er schwieg, und als er wieder sprach,
hörte sich seine Stimme aufgeräumter an.

»Und überhaupt – was erzähle ich Ihnen da eigentlich. Ich möchte Sie wirklich nicht mit diesem Kram belasten.
Noch dazu, wo wir uns überhaupt nicht
kennen.«

»Sie belasten mich nicht, und vielleicht ist das ja der Grund.«

»Der Grund?«

»Ja, weil wir uns nicht kennen, erzählen Sie mir das alles. Würden wir uns kennen, hielten wir wahrscheinlich Small talk. Konversation übers Wetter oder die Nachbarn oder so.«

Er lachte. »Mag schon sein.«

Es war kurz still.

»Trotzdem ist dies kein Grund, Sie nicht kennenzulernen. Oder vielleicht gerade!«

»Hm.«

Irene wanderte mit ihrem Handy zum Fenster und schaute hinaus.

»Die Entfernung dürfte möglicherweise ein Problem sein«, sagte sie.

Sie hörte einen warmen, zustimmenden Ton, eine Mischung aus einem kleinen Lachen und einem leichten Seufzer.

»Von wo aus rufen Sie denn an?« wollte er dann wissen.

»Ich lebe in München«, sagte sie und hielt den Atem an.

»Ich auch …«, sein Ton klang ungläubig, dann lachte er. »So ein Zufall!«

»Tatsächlich«, sie lachte ebenfalls. »Da wäre ein Lokalgespräch übers Festnetz weiß Gott angebrachter.«

»So hätten wir uns aber nicht kennengelernt!«

»Stimmt!«

Irene hatte sich immer gegen ein Handy gesträubt, aber ihre Freunde hatten ihr zum letzten Geburtstag einfach eines geschenkt. Und wie es ihre Art war, befaßte sie sich damit, lernte alle Funktionen, allerdings ohne große Hoffnung, dadurch mehr Anrufe zu bekommen. Ihr Telefon schwieg manchmal tagelang, was sollte ein Handy daran ändern.

»Haben Sie gerade etwas zu tun?«

Seine Stimme klang unternehmungslustig.

»Nichts Wesentliches.«

Sie schaute auf ihre Armbanduhr. Drei Uhr am Nachmittag, der Tag war noch unendlich lang.

»Haben Sie es weit bis zum Literaturhaus? Kennen Sie es überhaupt?«

Irene fühlte ihr Herz schneller schlagen. »Nein, das heißt, ja. Ja, ich kenne es, und nein, ich habe es nicht weit!«

»Wollen wir uns um vier Uhr dort treffen? Ich werde einen Tisch draußen reservieren, etwas früher kommen und einen Strauß bunter Sommerblumen vor mir auf dem Tisch liegen haben. Was halten Sie davon?«

»Das ist eine wunderbare Idee!«

Als Irene eine Stunde später zum Literaturhaus ging, hatte sie sich ein feines Sommerkleid angezogen, dazu kecke rote Schuhe, einen leichten Sommerhut und eine Handtasche.

Sie überlegte sich, ob sie ihm vielleicht hätte sagen sollen, daß sie im Herbst achtzig Jahre alt wird. Aber sie genoß dieses Abenteuer, und sie war nicht dafür, Menschen am Alter zu messen. Seine Stimme hatte jung geklungen, sie schätzte ihn auf vierzig. Aber auch ihre Stimme klang unverhältnismäßig jung, das wurde ihr immer wieder bestätigt.

Möglicherweise erwartete er jetzt eine rassige Dreißigjährige und würde enttäuscht sein. Sie ließ sich durch diese Aussicht aber nicht ihre Stimmung verderben. Es konnte immerhin ja auch so sein, daß er wie vierzig klang und bereits neunzig war. Ein Siebzigjähriger hätte ihr zwar eher zugesagt, aber sie wollte sich jetzt keine unnützen Gedanken machen. Es kam sowieso, wie es kam.

Leichtfüßig überquerte sie die Straße und musterte dabei die Tische. Sie sah ihn sitzen, ihr Adrenalinspiegel schoß nach oben. Den Rücken zu ihr, die Blumen auf dem Tisch. Das war er. Er war nicht grauhaarig, er war dunkelbraun, hatte kurze, volle Haare und ein breites Kreuz in einem leichten hellgrauen Jackett.

»Ich bin Irene Winter«, stellte sie sich ihm von der Seite aus vor.

Er drehte sich zu ihr um und stand dabei auf. »Und ich Helmut Jodicke!«

»Mein Nachbar!«

Sie schauten sich an, drückten sich die Hände und lachten beide gleichzeitig los.

»Endlich lernen wir uns mal kennen«, sagte er schließlich und rückte einen Stuhl zurecht. »Das ist mehr als verrückt!« Er schüttelte den Kopf. »Ich denke, wir haben uns viel zu erzählen!«

Der wahre Segen der Menschheit

In der Sekunde, als Laura die Pille geschluckt hatte, wußte sie, daß sie sich vergriffen hatte. Anstatt sich die tägliche »Frauen-Power-Leistungspille« reinzuziehen, hatte sie die »Testosteron-3D-Pille« erwischt. Das war äußerst ungeschickt, denn die Pille ihres Mannes garantierte dreifache Potenz, was sie angesichts ihres neuen Liebhabers gut gebrauchen konnte – aber auch verstärkten Haar- und Bartwuchs.

Laura schaute die verschiedenen Pillenfächer durch, aber sie fand auf die Schnelle kein geeignetes Gegenmittel. Die Pille gegen vorzeitiges Altern, die Pille gegen überschüssige Fettzellen, die für den großen Busen, die für feste Hoden, die gegen Vitaminabbau und die gegen Zahnausfall. Alles war vorrätig, aber für so einen Fall war sie nicht gut genug sortiert.

Sie klickte ihre Freundin an, sicherlich konnte die ihr helfen. Kaum, daß deren Bild auf dem Monitor erschien, war Laura jedoch klar, daß der Zeitpunkt äußerst ungünstig war. Una lag bäuchlings auf dem Stretcher, drei ihrer vier Männer massierten ihr mit Hingabe den Rückenbereich. Konnte Laura sie unter diesen Umständen nach einer Pille gegen Bartwuchs fragen?

Aber Una lachte nur schallend, als sie den Anruf annahm. »Kann es sein, Darling, daß du gerade zuwächst?« fragte sie und richtete sich auf, so daß ihr faltenfreies Gesicht bildschirmfüllend vor Laura auftauchte.

»Wie meinst du das?« Laura faßte sich erschrocken ans Kinn. Tatsächlich. Die ersten Stoppeln fühlte sie schon, und auch ihr kurzes schwarzes Haar schien bereits gewachsen zu sein.

»So ein Mist, Una, ich habe versehentlich Abels Testosteronpillen erwischt. Was mach' ich jetzt bloß?«

»Machen die nicht höllisch scharf?« Unas blaugrüne Augen, ein Produkt der intergalaktischen Pharmaindustrie, schauten interessiert.

»Keine Ahnung, Una, so weit bin ich

noch nicht. Mich interessiert jetzt nur das Gegenmittel. Schau mich doch an!«

»Tatsächlich. Bemerkenswert!« Una warf ihr noch einen Blick zu, dann verschwand sie aus dem Monitor und gab damit den Blick auf ihre drei Männer frei. Die grinsten Laura frech an, was Laura dazu brachte, schnell aus dem Aufnahmebereich ihrer Cam zu treten. Während sie ängstlich ihren stetigen Bartwuchs befühlte, hörte sie ihren Beamer summen. Tatsächlich, auf der Aufbereitungsplatte materialisierten sich bereits drei rosafarbene Pillen. Panisch griff Laura danach und schluckte sie aus der hohlen Hand. Dann lief sie schnell zurück. Una schien bereits auf sie zu warten.

»Klasse, Una, das ging ja fix! Jetzt muß es nur noch wirken!«

Sie schaute verständnislos. »Was muß wirken? Ich wollte dir eben sagen, daß meine sämtlichen Antipillen ausgegangen sind. Ich hätte noch etliche Pillen für verschiedene Träume, angefangen von frischem Verliebtsein bis zur schmerzlosen Verabschiedung alter Liebhaber, außerdem welche zur Regenerierung der obersten Zellschicht und mein Geheimtip, die kleinen Grünen für knackiges Bindegewebe. Dann wären da noch …«

»Una!« unterbrach sie Laura, während sie versuchte, das Gesicht hinter beiden Händen zu verstecken, »was waren das dann für Pillen, die ich eben geschluckt habe?«

Irritiert rümpfte Una ihr nach Schönheitsbauplan X3078 gerichtetes Stupsnäschen. »Ich habe keine Ahnung, Süße, du hörst doch, ich habe nichts dergleichen!«

Fassungslos ließ Laura die Hände sinken und erkannte gleichzeitig im unwillkürlichen Erschrecken Unas, daß sie bereits schlimm aussehen mußte.

»Wie wär's zunächst mal mit einem Rasierapparat?« fragte Una zögerlich.

Laura klickte sie wütend weg und rannte zu ihrem Beamer zurück. Tatsächlich, in der Zwischenzeit war da auch noch ein Hinweiszettel erschienen. Hektisch las sie ihn, verstand ihn aber nicht und mußte ihn nochmals lesen. »Werbesendung: Gratispillen« stand da. »Schöneres Fell für Ihre Haustiere.

Formt aus langweiliger Kurzhaarkatze edle Perserkatze. Auch für Hunde geeignet …«

Laura ließ den Zettel sinken und kratzte sich am Rücken, wo es entsetzlich juckte. Das ist für Tiere, sagte sie sich, es wird bei Menschen nicht wirken. Nicht wirklich! Sie drehte den Zettel schnell um: »Für Katzen eine Pille, für Hunde zwei, und wer sein Reitpferd veredeln will, gebe ihm drei.«

Sie harte die Dosis für ein Reitpferd genommen. Blieb nur zu hoffen, daß der Pharmaindustrie diesmal ein Fehler unterlaufen war und das Zeug nichts taugte. Doch was sie da auf ihrem Rükken spürte, sprach dagegen. Und auch ihr Bart wuchs unaufhörlich, ebenso wie ihre Haare ihrem Kragen entgegen. Sie mußte das Zeug loswerden, bevor Abel nach Hause käme. Nur seltsam, daß ihre Libido überhaupt nicht reagierte. Versprachen die Pillen nicht dreifache Potenz? Kein Wunder, daß Abel keinen mehr hoch bekam. Es lag also nicht an ihr!

In der Zwischenzeit spürte sie, wie sich auch die Härchen an ihren Oberschenkeln aufrichteten. Es hatte keinen Sinn. Sie mußte etwas unternehmen, bevor sie schließlich völlig zugewachsen sein würde. Bine fiel ihr ein, sie war Strahlenkosmetikerin und kannte sich mit allen Schönheitstricks aus. Besser noch als Una, die mit ihren fünfundachtzig Jahren immerhin wie fünfundzwanzig aussah.

Bine war entsetzt, man sah es ihrem weißhäutigen Michelangelo-Puttengesicht überdeutlich an. »Bist du das, Laura?« fragte sie und ging dicht an ihren Monitor heran.

»Und ob! Ich habe aber nicht die Absicht, so zu bleiben! Kannst du mir etwas gegen Testosteron-3D-Pillen geben! Und auch gleich noch gegen Fellwachspillen? Es wäre dringend!«

Bine ging mit ihrem Marmorgesicht etwas auf Abstand, fast so, als könne sie sich durch zuviel Nähe anstecken.

»Ich habe natürlich eine Epilationspille da. In deinem Fall vielleicht besser zwei …« Sie rückte wieder etwas näher. »Sag mal, kann das sein, daß auf deinen Händen …?«

Laura betrachtete den zarten Flaum auf ihrem Handrücken, dann schob sie langsam ihren Ärmel nach hinten. Auch der Unterarm war bereits von einem hellbraunen, lichten Vlies bedeckt. »Ich glaub's ja kaum«, sagte Laura und streckte ihren Arm in Richtung Cam, damit Bine es auch sehen konnte.

»Sicherlich hast du auch schon auf dem Busen Haare, am Po und an den Schenkeln. So etwas habe ich noch nie gesehen!« Anscheinend war Bines fachliches Interesse geweckt und überwog ihren Abscheu. »Könntest du dich mal kurz ausziehen? Vielleicht wächst dir ja auch schon ein Schwanz – oder wie nennt man das bei Hunden? Rute?«

Laura zog hastig ihren Ärmel wieder vor. »Schick mir diese Epilationspillen rüber, das ist alles, was ich im Moment will!« Sie mußte sich wieder am Rücken kratzen und bemerkte dabei, daß es sich tatsächlich bereits wie das weiche Fell eines Hundes anfühlte. »Mach schnell!« setzte sie hinzu.

»Habe ich dir bei der Gelegenheit schon von unseren neuen Pillen gegen zu große Ohren erzählt? Nicht nur, daß sie auf genau das Maß schrumpfen, das im Moment en vogue ist, nein, mit der Zusatzpille verlagert sich auch noch eine Libidolinie genau dort hinein. Stell dir vor, du mußt dir nur mal im Ohr spielen, und schon …«

»Hör auf mit so einem Unfug! Ich habe jetzt andere Sorgen!«

»Nein, stell dir vor, mitten in der Öffentlichkeit ein Orgasmus, und keiner ahnt es!«

»Wenn du das Zeug anpreist, weiß es

jeder! Zumindest jeder, der mir beim Ohrenpuhlen zuschauen könnte!«

Bine blieb kurz still. »Was soll das heißen?«

»Komm, Bine!« Laura kratzte sich im Bart, der nun schon über ihren Kragen hinausgewachsen war. »Befreie mich von diesen Haaren! Schick von mir aus die anderen Pillen mit. Obwohl ich finde, daß ich ausgesprochen schöne Ohren habe!«

»Völlig out! Viel zu eckig und mit angewachsenen Ohrläppchen, trägt heute kein Mensch mehr!«

»Gut, gut, aber mach schnell, bevor Abel heimkommt! Er wird sonst glauben, ich nasche mit Absicht von seinen Pillen. Das wird ihm nicht passen, denn sie sind höllisch teuer!«

»Die Ohrenpillen auch! Ganz zu schweigen von den Zusatzpillen!«

»Mach, Bine! Bitte!«

Bine verschwand aus dem Monitor und gab damit den Blick frei in ihr Studio. Laura war sich nicht sicher, aber auf dem hintersten Behandlungsstretcher sah sie jemanden liegen, der verdammt nach Abel aussah. Welche Strahlenkosmetik konnte Bine ihm wohl verabreichen?

Sie hörte ihren Beamer summen, und gleich darauf war Bine zurück. »Du kannst jetzt zugreifen«, sagte sie. »Bonne chance. Und das nächste Mal fragst du eine Fachfrau, bevor du an fremde Pillen gehst!«

»O Mann, Bine, das war doch … Ich erkläre es dir später!«

Laura hechtete zu ihrem Beamer. Tatsächlich, da lagen ihre Erlöser. Ob kleine Ohren mit oder ohne Libido, das war ihr jetzt völlig egal. Hauptsache, sie war wieder haarfrei. Sie schluckte alle und spülte mit einem Schluck Chemwater nach. Nun galt es abzuwarten. Hoffentlich wirkten die Pillen so schnell wie die anderen. Um ganz sicherzugehen, zog sie sich in einer der wenigen toten Ecken der Wohnung aus. Tatsächlich, Bine hatte recht gehabt. Ihr ganzer Körper war bereits behaart, sie fühlte sich an wie die Hunde im Streichelzoo. Unbeobachtet von jeglichen Kameras strich sie sich über Busen und Beine und hätte es direkt komisch finden können, wenn nicht die Sorge gewesen wäre, daß Bines Pillen möglicherweise doch versagen könnten.

Aber dann spürte sie es. An den Ohren zuckte es recht schnell, es kribbelte und zwickte, vibrierte und stach, ihr Körperhaar stellte sich unter einer Gänsehaut vom großen Zeh bis zur Kopfhaut auf. Es war mittlerweile ein beachtliches Fell, gleich dem Pelzmantel ihrer Mutter auf dem alten Foto von 1999. Langsam wurde Laura ungeduldig. Im Jahre 2085 sollte es doch wohl möglich sein, solch lapidare Dinge schneller in den Griff zu bekommen, als es hier augenscheinlich geschah.

Doch dann wirkte es. Büschelweise fielen ihr die Haare aus, erst im Gesicht, dann am Körper, schließlich auf dem Kopf. Laura blieb stehen, wo sie gerade stand, und schaute zu. Schließlich schmiegte sich ein weicher Berg aus kurzen und langen, dunklen und hellen Haaren um ihre Beine.

Dumm war nur, daß auch ihr Haupthaar inklusive Achsel- und Schamhaare ausgefallen war.

Sie war vollkommen nackt.

So hatte sie nicht gewettet!

Wütend stieg Laura aus den Haaren heraus, wischte sich die Zehen sauber, zog ihren Zyrionkittel wieder an. Sie klickte Bine an. Die Mattscheibe blieb schwarz. Was trieb das Luder, während ihr hier die Haare ausfielen?

Sie klickte nochmals, energischer, aber es nützte nichts. Schließlich ging Laura zu ihren Pillenfächern. Sie würde auch alleine zurechtkommen. Was sie jetzt brauchte, war die Pille für weibliches Kopfhaar, Marke »Kurz, dicht und schwarz«. Aber, typisch, sie hatte schon lange nicht mehr nachgeordert, es war nur noch die Notfallsituation »Blond und lang« vorhanden. Laura überlegte.

Dann klickte sie ihren Friseur an. Der betrachtete stirnrunzelnd den kahlen Kopf und erklärte ihr schließlich, daß ihre Pille, abgestimmt auf ihre Kopfhaut, die Blutgruppe und das Schuppenmaß, frühestens in zweiundzwanzig Stunden geliefert werden könne.

»Dann liefern Sie«, sagte Laura bestimmt, schaltete ihn weg und entschied, daß es im Moment egal sei, was sie schmücke, Hauptsache Haare. Sie schluckte »Lang und blond«. In zweiundzwanzig Stunden könnte sie das ja wieder ändern.

Erwartungsvoll ließ sie sich auf dem Swingingchair nieder. Einige Gewebemassagen würden die Zeit verkürzen, bis die Pille wirkte und sie endlich wieder wie ein Mensch aussehen würde. Während sie sich dem Sessel hingab und ihre Gedanken treiben ließ, prickelte ihre Kopfhaut, und sie strich darüber. Tatsächlich, die Haare sprossen. Ein Glück!

Der Elevator klingelte, Laura stand auf. Gleich würde Abel kommen. Sie setzte das Spiegelsignal und betrachtete sich. Nun, die Haare waren bereits schulterlang, er würde es als Überraschung werten. Kleine männliche Eitelkeit eben, aber heute würde sie ihn nicht von seinem Glauben abbringen. Vielleicht hatte er sich bei Bine ja Erotikstrahlen setzen lassen, und es käme mal wieder zu einer exzessiven Nacht. Lang genug war's her, dank dieser nutzlosen Testosteron-3D-Pillen, wie sie jetzt aus eigener Erfahrung wußte.

Kein Wunder, daß er ständig gegen seinen überdurchschnittlichen Haar- und Bartwuchs kämpfen mußte. Wahrscheinlich hatte er sich monatelang mit dem Zeug zugeschüttet in der Hoffnung, es würde Wirkung zeigen.

Die Silberwand gab Abel frei, und Laura lief auf ihn zu. Er sah nicht anders aus als sonst, fand sie, kein verheißungsvolles Glitzern in den Augen, kein forderndes Lächeln in den Mundwinkeln. Nichts, was auch nur im entferntesten an die begehrlichen Blicke ihres Liebhabers erinnert hätte.

Sie mußte es frontal angehen, sollte sie von ihrem Mann auch noch einmal etwas haben wollen.

»Ich habe das Lager für die Nacht schon gerichtet«, sagte sie und küßte ihn aufmunternd auf den Mund.

»Ach, ja«, sagte er und schaute sie verblüfft an. »Anders als sonst?«

»Animalisch wie das Liebeslager meiner Mutter anno 1999!« Sie wies mit einer koketten Handbewegung auf das Lager aus hellen und dunklen, weichen und harten, kurzen und langen Haaren.

»Donnerwetter«, Abel staunte, schwieg und schaute dann Laura forschend an. »Woher weißt du es?«

»Wie?« Jetzt kniff Laura die Augen fragend zusammen. »Was meinst du?«

Er lachte tief und dumpf, und sie spürte ganz genau, daß es um Sex ging.

»Nun«, er ließ sich langsam auf Lauras Liebeslager sinken, »ist es nicht ein Glück, daß wir nicht mehr der Generation deiner Mutter angehören? Wir wären alt und verschrumpelt, würden am Zerfall unserer Körper verzweifeln, müßten beim Liebesspiel schwitzen und stöhnen und zappeln und sonst was anstellen. Früher haben sie dabei auch noch Kinder gekriegt, welche Horrorvorstellung!«

»Na ja«, Laura zuckte die Achseln. »Wer nicht stirbt, braucht keine Kinder. Es hat sich eben manches überlebt. Aber trotzdem«, sie zupfte behutsam an seinem Gürtel. »Manches war vielleicht doch ganz okay …«

Er griff in ihr volles blondes Haar, das ihr mittlerweile bis zur Hüfte reichte. »Du mußt dich nicht bemühen, wirklich nicht, Darling. Ich bin darüber informiert, was du wirklich willst. Und damit du siehst, daß ich dich wirklich liebe, habe ich gleichgezogen!«

Laura sank neben ihm nieder.

»Ich verstehe nicht, was du meinst!«

Er sagte nichts, sondern faßte sich bedeutungsvoll an sein Ohr, das Laura plötzlich seltsam klein vorkam. Er bohrte seinen Finger hinein und streckte sich neben ihr aus. Sogleich bekam er einen verzückten Ausdruck im Gesicht.

»Was ist denn jetzt«, fragte Laura, dann fiel es ihr plötzlich ein. Das hatte sie ja total vergessen. Das Libidoohr! Deshalb war er bei Bine gewesen. Sie hatte ihm ebenfalls diese Pillen verpaßt! Völlig sprachlos sank Laura neben ihm ins Fell.

»Eine nette Idee von dir«, hörte sie ihn noch sagen. Dann sah sie seinen Zeigefinger auf sich zukommen und fühlte, wie er sich in ihrem neuen Ohr verankerte. Augenblicklich fuhr eine nervöse Leitung von ihrem Unterleib hoch ins Ohr. »Ist das nicht toll«, flüsterte er erregt, »eine tatsächliche Errungenschaft unserer Zeit. Der Körper befriedigt von selbst. Das hätten unsere Eltern uns vor fünfundachtzig Jahren mal vormachen sollen! Die pure, die ursprüngliche, die tiefe Lust – nur für dich alleine. Du brauchst mit niemandem zu teilen, du gibst es dir selbst. Das ist die Revolution der Sinne! Diese Pillen sind ein wahrer Segen für die Menschheit!«

Inhalt

Frauenhand auf Männerpo	7
Liebesspiel	31
Der Irrläufer	53
Der wahre Segen der Menschheit	67

Gaby Hauptmann

Ran an den Mann
Roman. 320 Seiten. Serie Piper

Schöne dunkle Augen hat er, das muss sie zugeben. Eva gönnt sich eigentlich nur noch kurz einen Absacker an der Bar, bevor sie nach Hause fährt. Und jetzt sieht sie dieser Typ da so an. Schon klar, was er will. Aber will sie auch? Unwillkürlich schießen ihr die magischen Worte ihrer frühreifen Töchter durch den Kopf: »Ran an den Mann ...«

Frau mit Töchtern sucht ihren Weg – Gaby Hauptmanns Heldinnen finden dabei manchmal mehr, als sie wollen ...
Der neue prickelnde Roman der Bestsellerautorin über die Wirrungen eines ganz normalen Lebens!

SERIE PIPER

Katarina Mazetti

Mein Kerl vom Land und ich

*Eine Liebesgeschichte geht weiter. Aus dem
Schwedischen von Annika Krummacher.
224 Seiten. Serie Piper*

Kann das gutgehen: ein Landwirt und eine
Bibliothekarin aus der Stadt? Benny und
Desirée wissen, daß es nicht einfach wird,
aber Desirées biologische Uhr tickt, und sie
geben dem Schicksal eine letzte Chance.
Und siehe da: Desirée wird schwanger und
zieht zu Benny auf den Hof. Doch das Leben
auf dem Land ist mehr als gewöhnungsbe-
dürftig …
Warmherzig und witzig erzählt Katarina
Mazetti, wie sich die beiden trotz aller Ge-
gensätze zusammenraufen.

Silke Neumayer

Herz laß nach
Roman. 224 Seiten. Serie Piper

Gerade zweiunddreißig geworden – und schon wieder Single. Charlotte Berg ist mittlerweile Expertin in Sachen »Wie verliebt man sich in den falschen Mann«. Neuerdings hat es ihr Jonas, der attraktive Verlobte ihrer besten Freundin Nina, schwer angetan, und sie fühlt sich natürlich grauenvoll. Und ausgerechnet sie ist die Trauzeugin! Dann muß sie auch noch mit zu den Hochzeitsvorbereitungen nach Italien. Dort trifft sie auf den Trauzeugen Mischa, der sie immer so merkwürdig ansieht …
Überraschend endet dieser rasante Roman über die Liebe und über ein Herz, das zwei Nummern zu groß ist.

SERIE PIPER

Susanne Mischke

Das dunkle Haus am Meer
Roman. 272 Seiten. Serie Piper

Aus Mangel an Beweisen wurde ihr Freund Paul im Mordfall an der jungen Frau freigesprochen. Helen vertraut ihm, und jetzt möchte sie in Saint-Muriel, in ihrem einsamen Haus an der wildromantischen bretonischen Küste, nur noch die Schrecken des letzten Jahres hinter sich lassen. Doch um das dunkle Haus am Meer ranken sich Gerüchte und uralte Geschichten, und auch Paul und Helen holt die Vergangenheit schneller ein, als ihnen lieb ist ...
Susanne Mischkes neuer, schaurig schöner Kriminalroman.

»Eine faszinierende schlüssige Geschichte, kunstvoll erzählt. Nicht nur für Bretagne-Süchtige.«
Buchkultur

05/1666/01/M/L